MANOEL SOARES

A LUTA DE DENIS

1.ª EDIÇÃO — CAMPINAS, 2024

EDITORA MOSTARDA
www.editoramostarda.com.br
Instagram: @editoramostarda

© Manoel Soares, 2024

Direção:	Pedro Mezette
Edição:	Andressa Maltese
Produção editorial:	A&A Studio de Criação
Revisão:	Marcelo Montoza
	Mateus Bertole
	Nilce Bechara
Direção de arte:	Leonardo Malavazzi
Editoração:	Anderson Santana
	Bárbara Ziviani
	Felipe Bueno
	Henrique Pereira
	Kako Rodrigues
Diagramação:	Ione Santana
Ilustração:	Paulo Daniel Santos
Colaboração:	Dinorá Rodrigues

```
Dados Internacionais de Catalogação na Publicação (CIP)
        (Câmara Brasileira do Livro, SP, Brasil)

   Soares, Manoel
      A luta de Denis / Manoel Soares ; [ilustração
   Paulo Daniel Santos]. -- 1. ed. -- Campinas, SP :
   Editora Mostarda, 2024.

      ISBN 978-65-80942-53-4

      1. Apresentadores (Teatro, televisão, etc.) -
   Brasil - Biografia - Literatura infantojuvenil
   2. Ativistas comunitários - Brasil - Literatura
   infantojuvenil 3. Jornalistas - Brasil - Biografia -
   Literatura infantojuvenil 4. Soares, Manoel, 1979- -
   Biografia - Literatura infantojuvenil I. Santos,
   Paulo Daniel. II. Título.

23-167478                              CDD-028.5

            Índices para catálogo sistemático:

      1. Brasil : Ativistas comunitários : Literatura
         infantojuvenil    028.5
      2. Brasil : Ativistas comunitários : Literatura
         juvenil     028.5

       Cibele Maria Dias - Bibliotecária - CRB-8/9427
```

PREFÁCIO

Em que momento um menino doce e afetivo vira um jovem infrator?

Quais estratégias podemos usar para romper o ciclo de violência em que esses jovens estão inseridos?

Foram mais de 420 mil jovens alcançados com as ações da Central Única das Favelas (CUFA) nos últimos 20 anos.

No projeto Papo Reto, desenvolvido pela CUFA Gaúcha, um levantamento nas escolas públicas municipais mostrou que 100% dos jovens de periferia já tiveram contato direto ou indireto com a criminalidade, 100% já viram uma pessoa morta na rua, 45% já tiveram um familiar que foi ou está preso e pelo menos 50% não têm contato frequente ou boa relação com as figuras paternas. Além desses números preocupantes, a Secretaria Estadual de Segurança Pública do Rio Grande do Sul constatou, em 2015, que pelo menos 40% da comunidade prisional têm menos de 29 anos, ou seja, muitos passaram mais tempo presos do que em liberdade.

Este livro em suas mãos conta uma história baseada em fatos da vida de Manoel Soares, que foram suavizados com a ludicidade artística do ilustrador Paulo Daniel. Parte da história narrada por ambos também é inspirada nas milhares de histórias coletadas nas favelas em que atuam, trazendo um olhar realista e puro para um cenário cheio de nuances e contrastes que disputam o momento de decisão da vida dos jovens.

Cabe a você responder a algumas questões que são fundamentais para entender o atual cenário dessa juventude: "Por que Denis entrou na oficina do senhor Emílio? O que estava em jogo com essa atitude? O que o pai dele tem a ver com tudo isso? Qual o papel da mãe de Denis na formação dele?". E a pergunta mais importante: "O que deve acontecer com Denis agora?".

Essa é uma decisão que cabe a você, leitor, considerando tudo o que vai ler nas páginas finais. O destino de Denis está em suas mãos. Assim como o destino de milhares de jovens está nas mãos de todos nós.

Boa leitura!

Celso Athayde
Empresário e ativista social

I

O latido de Otelo era o que Denis menos esperava. Ele assustou-se com o barulho da lata que caíra. As luzes da varanda se acenderam, iluminando a parte escura que dava para a garagem que improvisava uma oficina. Seu corpo quase congelou nessa hora, e a voz do senhor Emílio ecoou na sua cabeça. Era como se alguém tivesse batido com toda a força em um gongo bem pertinho do seu ouvido:

— Quem está aí?

As pernas demoraram a receber o comando do cérebro, e, quando começaram a correr, já era tarde demais. Mesmo no escuro, ele foi visto. De relance, pôde perceber o olhar espantado e decepcionado do senhor Emílio ao vê-lo com as ferramentas na mão. Depois de tudo o que aconteceu com o filho da Dona Alice, estar ali, naquela situação, era algo que o velho encanador da comunidade jamais imaginaria.

Denis engasgou-se com a própria saliva, e a única coisa que conseguiu fazer foi sair em disparada. Era como se aqueles segundos, em que ele passava pelo portão pequeno de grades finas, virassem o portal do seu destino. As horas seguintes definiriam o tipo de homem que ele seria para sempre. Um turbilhão de frases soltas passava por sua cabeça confusa. Ainda assim, as ideias mal formuladas eram interrompidas pelo pequeno Otelo.

O cachorro "salsichinha" do senhor Emílio, mesmo com as perninhas curtas, perseguia o menino franzino que invadira o quintal para roubar. Se a intenção do aprendiz de ladrão era não chamar a atenção, Otelo não ajudou. O cão, com o latido agudo, alarmava e fazia da fuga de Denis um evento. Afinal, por que um menino de 14 anos foge de um cachorro com menos de três quilos? Mal sabiam que a fuga de Denis não era de Otelo, mas de si mesmo.

Denis ficou olhando para a caixa de ferramentas do senhor Emílio durante semanas. Sempre que ele ia consertar algum vazamento na escola e abria os três andares de gavetas milimetricamente arrumadas, o olhar de Denis sequer desviava. Mesmo com todo o carinho e a atenção do idoso para com o pequeno observador, Denis, ainda assim, cobiçava a caixa. Era como se o fato de tudo aquilo estar nas mãos do senhor Emílio fosse uma injustiça.

Toda vez que voltava da aula, parava na rua em frente à casa do senhor Emílio e ficava observando. Via o portão baixo e desprotegido. O senhor Emílio raramente estava por ali, pois ficava a maior parte do tempo cuidando da Dona Laura, sua esposa idosa, que ainda se recuperava de uma cirurgia. Quem aparecia de vez em quando era Otelo. Porém, como ele era pequeno, Denis o subestimou. Acreditou que um cachorrinho daquele jamais seria empecilho. Denis só percebeu o seu engano enquanto corria.

Antes de tudo isso acontecer, Denis ficou horas planejando como entraria sem ser notado. A casa do senhor Emílio ficava na esquina da rua principal. O plano era aproveitar a saída da escola, quando a noite já estivesse chegando. Nessa hora, todos os vizinhos ficavam em alerta, pois sempre havia uma briga ou uma "muvuca" que agitava a vizinhança e que seria contada aos pais mais tarde.

Depois que a gurizada passava, os pescoçudos relaxavam, as janelas se fechavam, e essa era a hora certa de entrar.

Devagar, era só pegar e sair. Ninguém notaria nada. Denis só não sabia de uma coisa: quando o plano está muito perfeito em nossa cabeça, é porque algo está errado.

Na hora H, tudo foi por terra. Como ele imaginaria que uma lata de parafusos estaria perto do alicate de bico fino? O senhor Emílio era tão

organizado! Como foi deixar uma ferramenta assim? Por reflexo, Denis até tentou segurar, mas como já começava a escurecer, não viu muito bem. O som da lata foi tão estridente que acordou Otelo. As porcas rolando pelo chão de azulejo multiplicavam o barulho, que, por sua vez, despertou a atenção do senhor Emílio. E aí, deu no que deu!

Sabe aqueles detalhes impossíveis de prever? Pois é, foi um desses. Só que, naquele momento, Denis havia colocado em risco tudo o que valia a pena em sua vida. Aprenderia — da pior maneira possível — que são os detalhes que salvam, ou estragam, a nossa vida.

A corrida de Denis fugindo de Otelo seguia, e, a cada passada do corpo franzino, ele sabia que o problema não era estar roubando ferramentas. Muitas conquistas e sentimentos estavam em jogo naquela hora. No fim daquele dia, ele viraria outra pessoa. A pergunta é: "Que pessoa seria essa?".

Ofegante, ele entrou em um dos corredores estreitos das casinhas do senhor Antônio.

Senhor Antônio era um homem ranzinza da comunidade que alugava casas somente para aquelas pessoas que diziam ser de boa índole. Ele costumava gritar aos quatro ventos que quem prestava na Vila Zala morava em suas casas. Elas eram disputadas, pois tinham virado símbolo de honestidade. Ao entrar no corredor central, entre os números 12 e 13, para o alívio de Denis, Otelo parou de persegui-lo. Mas os problemas estavam longe de ter fim.

ii

Toda a Vila Zala acompanhou a fuga, e agora Denis era o assunto da rua.

Desde pequeno, ele vivia com seus pais na Vila Zala, uma comunidade pobre que fica do outro lado do arroio que corta a cidade. Contam que, desde que existe gente por ali, os moradores reclamam do cheiro vindo da água — afinal, todo esgoto da cidade passa pelo arroio. Entretanto, o maior incômodo para os meninos da idade de Denis não era o cheiro, mas o apelido que seu bairro tinha: "Canta Sapo". O estranho codinome nasceu porque, em dias de chuva, os sapos faziam uma tenebrosa sinfonia com milhares de diferentes sons. A raiva dos moradores era tanta que, depois das chuvas, abria-se entre os meninos do bairro a temporada de "caça aos sapos". A disputa era grande. A debandada dos meninos gritando nos matagais perto do arroio era quase música para quem odiava os sapos. Todos sabiam que quem chegasse com o maior animal seria quase um herói da comunidade. Estilingues e pedaços de pau: tudo era arma de caça aos sapos.

Denis estava em todas as caçadas. Seu objetivo era desbancar Tiço, o único da comunidade a ter caçado um "sapontanha" — o maior sapo já visto na história da Vila Zala. Tiço já era um homem, mas ainda era parabenizado pelo seu feito desde quando tinha a idade de Denis.

Sempre que chegava às rodas de samba da vila, alguém gritava: "Olha o caçador de 'sapontanha'!".

Ao ver as pessoas elogiando e abraçando Tiço, Denis sentia uma raiva que não sabia muito bem de onde vinha. Talvez fosse só inveja das narrativas empolgadas da Dona Geni, uma senhora idosa e distinta que fazia valer seu apelido de "Rádio Janela da Vila Zala".

Sua forma de manter viva a história do bairro era simples: monitorava a vida dos outros pela janela de casa. Eram pessoas como ela que os "vigiados" da comunidade costumavam chamar de "pescoçudos". Dona Geni foi uma das primeiras moradoras a construir uma casa perto do arroio e contava que o sapo que Tiço pegou era tão grande que parecia ser uma cruza de sapo com montanha. Foi aí, então, a partir da licença poética presente na fofoca de Dona Geni, que surgiu o nome de "sapontanha".

Dona Geni jurava que eram quase dez quilos de sapo, com pernas gordas e papo gigante. Descrevia que o som emitido por ele era quase um uivo.

Como só ela e Tiço viram o "sapontanha", ninguém ousava discordar. Sem contar que apontar uma incoerência nas histórias de Dona Geni poderia fazer do crítico um alvo de suas narrativas. Ela não deixava as histórias morrerem nunca. Fossem elas boas ou más.

E o maior medo de Denis era que a visita dele à casa do senhor Emílio fosse parar nos ouvidos e no repertório da Dona Geni. Só que, antes de entrar no corredor central, entre as casas 12 e 13, que levava à sua casa, Denis não se deu conta de que as passadas desesperadas e os latidos eufóricos de Otelo haviam despertado a curiosidade e o olhar atento de Dona Geni. Ela imediatamente esticou o pescoço pela janela e começou a fazer perguntas a todos que passavam.

Aos poucos, o quebra-cabeça foi montado. Denis trancou-se em casa como se isso pudesse livrá-lo das consequências do que fizera. Já passava das 19h e sua mãe, Dona Alice, chegaria às 21h. O tempo era curto para pensar no que fazer, mas não poderia deixar que ela descobrisse o que havia acontecido sem ter uma boa história. Porém, se o ocorrido chegasse aos ouvidos do senhor Antônio, a reputação de honestidade que eles haviam conquistado estaria perdida.

As consequências seriam desastrosas. O nervosismo o fazia morder os lábios até quase sangrar. Coçava as costas das mãos, como se isso fosse fazê-lo voltar no tempo. Se voltasse, jamais teria entrado na garagem do senhor Emílio. Milhares de perguntas retumbavam na sua cabeça, mas a única que ele não conseguia responder era: "Por que eu fui fazer isso, meu Deus do céu?". De tanto temor, era complicado compreender como havia chegado àquela situação.

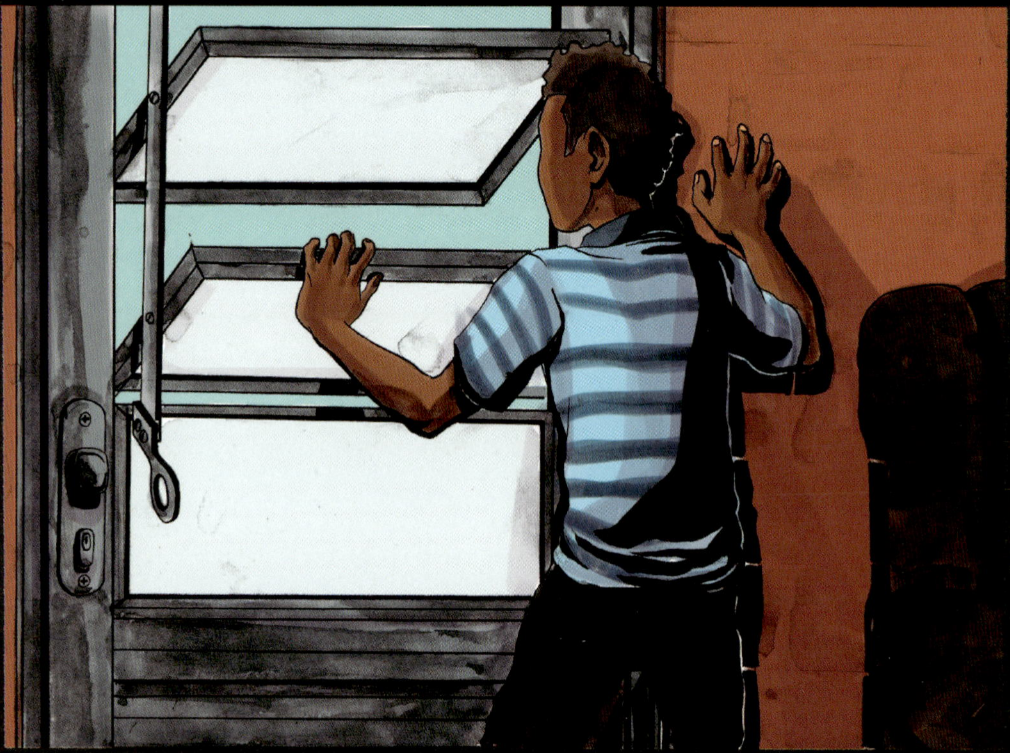
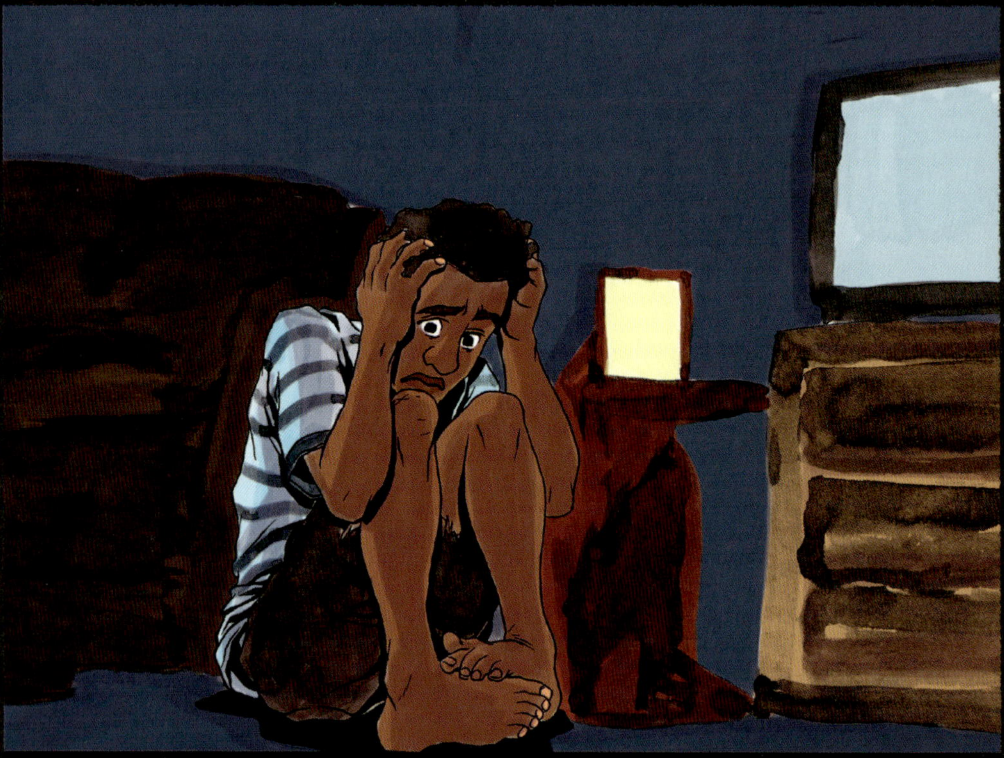

III

O que Denis fizera contrariava tudo o que vivera e aprendera até então. Ele se lembrava de que, desde bem pequeno, a sua mãe, Dona Alice, nunca o deixara ficar com nada que fosse de outra pessoa.

Para saber a profissão dela, bastava observá-la com atenção: braços fortes de esforço repetitivo e unhas corroídas de tantos produtos químicos usados em limpeza. Dona Alice era uma honrada faxineira. Em certa ocasião, Denis perguntou à sua mãe por que as suas unhas eram tão feias. Ela respondeu:

— Para que minhas mãos, filho, nunca precisem tirar nada de ninguém.

Na época, ele não entendia o que a sua mãe queria dizer, mas a obsessão pela honestidade era percebida em tudo. Dona Alice acreditava que a honestidade era o único caminho para o verdadeiro sucesso na vida. Ela dizia que "nada vale a pena ser conquistado se tivermos de andar de cabeça baixa".

Dois meses antes de Denis ser perseguido pelo cãozinho Otelo, essa honestidade obsessiva foi vivida na prática pelo menino.

E foi naquele momento que as vidas de Denis e do senhor Emílio se cruzaram.

À tardinha, na volta da escola, Denis ficou todo alegre por ter encontrado uma carteira cheia de dinheiro. Era uma carteira azul e vermelha

com caveiras desenhadas em relevo na parte de fora. Ele não era o que poderíamos chamar de "azarado", mas a sorte nunca havia sorrido tanto como naquela tarde. Com a carteira na mão, no percurso até sua casa, fez mil planos para o dinheiro. Entre eles, comprar um "Haran": *videogame* de última geração com mais de 1.200 jogos na memória. Havia visto na televisão, no dia anterior, e pensava: "Quem tem um 'Haran' não precisa de 'sapontanha'!".

No caminho, já tinha contado e recontado o dinheiro pelo menos umas 30 vezes. Estava tão ansioso em mostrar para a mãe como a sorte havia lhe sorrido naquela tarde, que nem pensou no desenrolar da história.

Nos últimos oito anos, Dona Alice criou Denis sozinha. Dedicada, trabalhava em três casas diferentes por semana.

Reconhecida por seu capricho e cuidado com tudo que era dos outros, seu maior orgulho eram as chaves das patroas que ficavam com ela.

A confiança era tanta que, às vezes, as donas das casas perdiam as suas chaves e pediam para que ela fizesse cópia e as devolvesse. A honestidade da Dona Alice era lendária na comunidade. Denis certamente não se lembrou da fama de sua mãe ao contar o fato acontecido com a carteira.

Cheio de estratégia, ele entrou em casa, guardou o material escolar, sentou-se ao lado da mãe, respirou fundo e fez uma pergunta como quem não quer nada:

— Mãe, achado é roubado?

Dona Alice, como toda mãe, levantou a sobrancelha esquerda e disse o que as mães responderiam diante das armadilhas dos filhos espertinhos:

— Depende, meu filho!

— Como assim, mãe?

— Se o achado tem dono, e nós sabemos quem é o dono, é roubo, sim. Por que você tá perguntando isso, meu filho?

Enquanto Denis pensava em uma resposta, ela fez, com um tom de voz mais grave, uma pergunta que desarmou qualquer mentira que o filho pudesse pensar em contar:

— Denis, o que você encontrou?

Ele gaguejou e enrolou, mas acabou mostrando a carteira, que chegava a estufar de tantas notas.

Ao pegar a carteira, ela sequer olhou para o espaço onde ficava o dinheiro. Foi direto para as folhas de plástico transparente em que ficavam os documentos. Denis não havia notado que a identidade do dono estava ali.

Enquanto isso, ele começou a suar. Seus olhos se mexiam de um lado para o outro como se quisesse empurrar os dedos da mãe com a força do pensamento para o que realmente o interessava: o dinheiro.

Finalmente, para o desespero de Denis, ela puxou um documento de identidade de dentro da carteira:

— Olhe aqui, meu filho! A carteira do senhor Emílio!

— Mas, mãe, se é dele, por que ele não tá procurando?

— Filho, você sabia que a mulher do Senhor Emílio, a tia Laura, tá doente? Você vai querer tirar dinheiro de uma mulher doente, filho? Foi isso que a mamãe ensinou pra você?

Com a força dessas três questões, que pesaram direto na consciência, Denis ficou indefeso. Resmungou um último argumento perdido:

— É, mãe, mas ninguém que acha uma carteira cheia de dinheiro devolve!

— Filho, quantas pessoas que você conhece acharam uma carteira cheia de dinheiro?

IV

    Essas foram daquelas perguntas maternas que chegam a dar uma pontinha de raiva por dentro. Sejam quais forem as respostas, já perdemos a discussão. No caso de Denis, ele sabia que, quando a sua mãe falava com aquele tom de voz, estava na verdade tentando dar outro recado. Com a carteira na mão, ela se sentou com Denis na cadeira de bambu que ficava perto da porta e tocou em um assunto sobre o qual Denis sempre quis falar, mas nunca teve coragem de perguntar: o que havia acontecido com seu pai.

    Denis era muito pequeno quando viu a foto de seu pai no jornal. As lembranças eram vagas. Entre elas, a de que sua mãe chorava tanto, que os olhos dela ficaram vermelhos por dias.

    Era como se fosse um acontecimento recente, como se ele estivesse vendo Dona Geni na janela contando para as outras mulheres aquilo que não havia sido noticiado. Em voz alta e estridente, ela dizia para a pequena plateia abaixo de sua janela que Tiço e o pai de Denis haviam tentado assaltar um posto de gasolina. Contou que Tiço foi esperto e fugiu assim que escutou o alarme, já o pai de Denis insistiu na tentativa de pegar o dinheiro. Quando a polícia chegou, ele foi preso em flagrante.

    Ao se lembrar da história, Denis pôde entender o desconforto que sentia quando ficava perto de Tiço. Em meio às lembranças perdidas, recordou-se de que, antes mesmo que Dona Geni terminasse de contar a história do assalto, sua mãe tinha ficado furiosa de uma maneira que ele jamais vira. Dona Alice ordenou a todos ao redor que lavassem a boca com desinfetante antes de falar sobre sua família. Desde então, a comunidade nunca mais tocou no assunto. Foi a própria mãe de Denis que finalmente decidiu falar com o filho sobre o acontecido.

— Meu filho, mamãe precisa que você entenda que o papai não foi assaltar aquele posto porque era um homem mau. Ele só não conseguiu vencer os pensamentos ruins que surgiram na cabeça dele.

Com a voz trêmula e os olhos cheios d'água, ela escolhia as palavras para contar.

Repetia várias vezes que o pai de Denis era uma boa pessoa antes de ser preso. Contou que, na noite anterior ao assalto, ele disse que estava com muito medo de não ter dinheiro para cuidar do filho pequeno.

E foi justamente esse medo que o fez se perder nos pensamentos errados.

— Olha, meu filho, seu pai era um homem bom. Acontece que você tem de aprender desde agora que não adianta sermos apenas bons. Temos também de ser fortes para derrotar o mal que muitas vezes se aloja em nosso coração.

Denis entendeu o que ela queria dizer e deixou a carteira com a mãe. Jamais veria aquelas caveirinhas em relevo novamente.

Dias depois, encontrou o senhor Emílio e a tia Laura na rua. Ela estava recuperando-se da cirurgia recém-realizada. Foi então que o senhor Emílio aproveitou a ocasião para explicar ao menino sobre o dinheiro na carteira. Era um empréstimo que serviria justamente para pagar o tratamento de sua mulher. Com um abraço bem apertado, o senhor Emílio contou que a honestidade de Denis tinha salvado a vida da sua esposa e que ele seria eternamente grato. Denis deu um sorriso meio amarelado e, por pouco, não disse: "O senhor está grato? Então compra um 'Haran' para mim!".

Mas preferiu engolir seu comentário. Apesar do disfarce, quem olhasse no fundo dos seus olhos conseguiria ver que ele estava desolado. Era como se, por um momento, ele tivesse em suas próprias mãos a possibilidade de realizar seus sonhos. O fato de ter deixado aquilo escapar ficou martelando em sua cabeça. Ele sabia que demoraria até que conseguisse comprar o tão sonhado "Haran". Bem lá no fundo, o que ele queria não era só o *videogame*, mas ser alguém além do menino morador de um dos piores bairros da cidade e que nunca havia pegado um "sapontanha" para superar o homem que abandonara seu pai. Ele se sentia um babaca por ter entregado a chance de mudar a sua vida — pelo menos aos seus olhos. Em pensamento, perguntava-se: "Por que a minha mãe é tão honesta, sendo que ela trabalha em três empregos, seus pés continuam inchados e suas unhas corroídas?".

Por vezes, Denis ficava revoltado quando olhava para os meninos da Vila Zala. Eles não viviam sob a ditadura da honestidade de Dona Alice, mas tinham tênis da moda e expunham como passavam de fase em alguns dos 1.200 jogos da memória do tão sonhado "Haran".

Os pensamentos ficavam cada vez mais confusos quando o tema era o dinheiro que havia devolvido. Sentia como se tivesse perdido, por ter sido honesto, a única chance de se dar bem. Era como se a vida fosse injusta com ele todos os dias depois de ter achado aquela carteira.

O desejo de conseguir o que queria alimentou alguns sentimentos confusos que cresciam a cada instante dentro de Denis. Era como se, por ter devolvido a carteira ao senhor Emílio, ele acreditasse ter o direito de tirar algo que também fosse precioso para aquele homem. Denis não percebia que na verdade queria mesmo era uma recompensa por ter sido honesto.

Como tal recompensa não vinha, decidiu buscá-la à força.

V

      Voltando ao começo da história, foi daí que surgiu a ideia de invadir a oficina e roubar a caixa de ferramentas. Só que agora que o seu plano havia dado errado, Denis estava tentando encontrar uma forma de esconder a verdade de Dona Alice. Já fazia 30 minutos que ele havia entrado em casa, a respiração estava mais lenta e a cabeça começava a maquinar meia dúzia de versões para explicar o ocorrido.

      Cada vez que tentava amarrar as pontas das suas mentiras, as lembranças e os pensamentos embaralhavam tudo. Era como se duas pessoas estivessem brigando dentro dele. Uma queria admitir a verdade, a outra queria inventar uma mentira, mas ambas viam os ponteiros do relógio correrem cada vez mais rápido. Quando Dona Alice passasse pela porta, algo iria acontecer. A luta dentro dele seria vencida por uma das forças: a dúvida era saber qual venceria.

      O coração dele quase saía pela boca quando pensava nisso. Qualquer barulho no portão era motivo de pânico.

      Suas mãos tremiam. No fundo, sabia que, ao tentar roubar a caixa de ferramentas do senhor Emílio, havia traído todos os ensinamentos de sua mãe. Agora, a vergonha fazia seu peito arder, como se tivesse água quente queimando a própria boca. Seu corpo tremia de medo quando pensava que a voz que mais acalmava seu coração era a voz que lhe causava pavor. Aliás, a voz de Dona Alice sempre fez Denis entender o que era difícil para os meninos da sua idade. Um exemplo disso foi quando a prisão de seu pai aconteceu.

Ela havia decidido que eles, naquele momento, mudariam de vida. Arrumou mais dois empregos e mudou-se com Denis para as casinhas do senhor Antônio. Morariam em um cortiço de casas simples, cada uma com dois cômodos, pintadas de azul e branco, sem luxo. Apesar disso, aquelas casas continham a dignidade de que precisavam para viver. Antes de se mudarem, ela teve de ouvir o senhor Antônio falar por quase duas horas. Entre as recomendações, avisou que não queria bagunça, que ali moravam pessoas honestas, que não tinha lugar para bandido e que sabia que o marido dela estava preso. Ele foi extremamente claro quando disse que, se tivessem qualquer problema com a lei, teriam de sair da casa imediatamente. Dona Alice fez questão que Denis a acompanhasse em todos os momentos. Mesmo ele ainda sendo muito pequeno, ouvia atentamente, embora entendesse pouco. Com o tempo, ela foi explicando tudo o que o senhor Antônio queria dizer.

Contudo, agora era a vez de Denis dar explicações.

De repente, a voz de sua mãe começou a ser ouvida de longe. Com a voz dela vinha também a voz de Dona Geni. Os passos se aceleraram e Dona Alice passou a chamar em voz alta o nome de Denis no portão. As pernas dele tremiam, a porta se abriu, e Dona Alice, lacrimejando, olhou fixamente para os olhos do filho...

— Denis, meu filho, eu não acredito!

Aquelas palavras atingiram o peito de Denis como pedradas. Já quase sem ar, ele juntou forças para gaguejar:

— O que... O que foi, mãe?

— Aconteceu uma coisa... — respondeu Dona Alice com um brilho estranho nos olhos.

Denis desviou o olhar e respirou fundo. Um pensamento insistente piscava em sua mente como um letreiro luminoso: "Dona Geni contou tudo para minha mãe!". Atordoado, Denis tentou se concentrar no que a mãe dizia.

— Aconteceu uma coisa que nunca imaginei que fosse acontecer — continuou Dona Alice com a voz alterada. — Eu, eu...

— O que aconteceu? — perguntou Denis quase sem voz.

— Eu ganhei uma rifa!

— O quê?

Dona Alice contou que estava voltando do trabalho quando decidiu entrar no mercadinho e comprar alguma coisa para o jantar. Foi então que viu o cartaz anunciando uma rifa de uma cesta repleta de alimentos. A rifa era uma cartela cheia de nomes, e apenas um nome seria o vencedor. Faltava apenas o último nome para completar a cartela. E o nome que faltava era... Denis! Ela não pensou duas vezes, contou o dinheirinho e comprou o último nome da rifa. Quando perceberam que a cartela estava completa, os funcionários do mercado se juntaram para abrir a rifa. E o nome premiado foi Denis.

— Eu ainda não posso acreditar! Nunca ganhei nada na vida! — disse dona Alice. — Veja quanta coisa boa tem na cesta! Tem até bolo para o café da manhã!

— Sim... Sim... — murmurou Denis, sem saber exatamente o que dizer.

— E foi o seu nome que deu sorte, Denis! O seu nome! — comemorou a mãe.

— Então era sobre isso que estava conversando com Dona Geni? — perguntou Denis.

— Sim, filho! Ela me viu com a cesta e foi logo puxando conversa para saber do que se tratava. Você sabe como ela é!

— Sim, eu sei — disse Denis, fazendo de tudo para esconder a imensa sensação de alívio.

Mas a paz em seus pensamentos durou pouco tempo. Enquanto ajudava a mãe a guardar os produtos que vieram na cesta, Denis sentiu que sua luta interior recomeçava... Dona Geni não havia contado nada! Que sorte a dele! No entanto, quanto mais a mãe comemorava a vitória na rifa, mais Denis sentia o peito apertado. Ele estava traindo a confiança dela. O que deveria fazer? Honrar a reputação de honestidade de sua família ou tentar se salvar a qualquer custo? O tempo passava, Denis sufocava e sentia cada vez mais que aquela era a decisão de sua vida.

Se você, querido leitor ou distinta leitora, estivesse no lugar de Denis, o que você faria?

Manoel Soares nasceu em Salvador (BA) e é pai de seis filhos. Atua como apresentador multiplataformas e fundador do *Bombou*, escritor, jornalista e ativista social. Na juventude, viveu em situação de rua e teve sua vida transformada pela arte e pela comunicação. Iniciou sua trajetória na televisão trabalhando em um jornal de *hip-hop* da TVE. Em 2002, tornou-se repórter na RBS TV, afiliada da Globo no Rio Grande do Sul. Anos depois, realizou diversos trabalhos no Grupo Globo, como os programas *Encontro*, *Se joga*, *É de Casa* e *Papo de Segunda*. Como autor, escreveu os livros *Para meu amigo branco*, que fala sobre a responsabilidade das pessoas brancas na luta contra o racismo, e *A luta de Denis*, uma obra baseada em acontecimentos da vida do autor.

Paulo Daniel nasceu em São Paulo, mas cresceu no Rio Grande do Sul e se considera "gaúcho de coração". Trabalha com ilustrações e com o mercado de quadrinhos desde 2009. Ele é apaixonado pela arte e por promover a transformação nas periferias do Brasil por meio da educação social. Trabalha na Central Única das Favelas (CUFA), um trabalho em conjunto entre moradores de favelas e jovens voluntários que visa a construir um Brasil mais justo e sem pobreza. Muitos de seus personagens são criados de forma instintiva, sempre buscando referências que estavam ao seu redor. Em *A luta de Denis*, baseou-se em fatos da vida de Manoel Soares e criou imagens repletas de vigor e ludicidade artística.